www.loqueleo.com/es

2019, Santillana Infantil y Juvenil, S. L.
Avenida de los Artesanos, 6. 28760 Tres Cantos (Madrid)
Teléfono: 91 744 90 60

ISBN: 978-84-9122-042-8
Depósito legal: M-37.844-2015
Printed in Spain - Impreso en España

Cuarta edición: octubre de 2019

Directora de la colección:
Maite Malagón
Editora ejecutiva:
Yolanda Caja
Dirección de arte:
José Crespo y Rosa Marín
Proyecto gráfico:
Marisol del Burgo, Rubén Chumillas, Julia Ortega y Álvaro Recuenco

Sin miedo

Manuel L. Alonso

Ilustración de cubierta de Elena Odriozola

loqueleo

No recibimos la sabiduría; debemos descubrirla por nosotros mismos después de un viaje a través de lo inexplorado que nadie puede realizar por nosotros.

Marcel Proust

1

Aun antes de acercarse a los otros chicos, Víctor supo que habría problemas. Siempre los había.

Desde su llegada a aquel barrio, había estado evitando salir a la calle. Esa mañana de principios de julio, animado por su madre, reunió por fin el valor necesario para acercarse a la plazuela que veía desde su ventana. Era poco más que un ensanchamiento de la calle: unos bancos, un poco de césped, una palmera.

Allí estaban, seis o siete más o menos de su edad, unos once años, discutiendo a gritos sobre fútbol.

Él era pacífico por naturaleza, de piel pálida y grandes ojos que a pesar suyo dejaban traslucir sus sentimientos. Enseguida comprendió que los otros eran de los que disfrutaban con los juegos violentos, exagerando los gestos y forzando la voz para parecer más mayores. Seguro que les caería antipático.

Estuvo a punto de pasar de largo, arrepentido de haberse acercado, pero uno de ellos le llamó:

—¡Tú! ¡Ven aquí!

Víctor pensó en las palabras de su madre, pocos minutos antes:

—No puedes pasarte en casa todo el verano. Anda, sal, en esta zona no hay ningún peligro.

Ojala tuviera razón.

Se volvió despacio. El que le llamaba era el más alto del grupo, uno con la cabeza enorme y cuello de toro. Víctor pensó que seguramente era el matón del barrio.

—¿Qué haces en nuestro territorio?

Se encogió de hombros.

—Vivo aquí. En la esquina.

—Seguro que es un espía —dijo otro de los chicos—. Vamos a darle una lección.

—¿Quién te ha dado permiso para pasar por nuestra calle? —preguntó el que había hablado primero.

—Enséñale quién manda, Vidal —le animó el otro.

Por un instante, Víctor consideró la posibilidad de salir corriendo. No era buena idea: tenía que vivir allí, y una y otra vez volvería a encontrarse con ellos. Todo dependía de cómo actuase en ese momento.

El llamado Vidal le cogió por un brazo apretándole el bíceps con fuerza. Quería asustarle, o ponerle a prueba.

—¿Eres un espía? ¿Sabes lo que hacemos nosotros con los espías?

—Déjame en paz —pidió Víctor.

El miedo hizo que le fallara la voz. Los otros se dieron cuenta y empezaron a reírse. Víctor comprendió que si no se producía un milagro tendría que acabar peleando. Y las peleas se le daban mal. La idea de hacer daño a alguien le ponía tan enfermo como la de que se lo hicieran a él. No podía entender que aquellos chicos encontrasen divertido actuar como una jauría de perros, que ataca cuando detecta el miedo.

Vidal le puso el puño en la nariz y empujó sin compasión aplastándola. Alguien sujetó a Víctor desde atrás. Otro le golpeó con el pie en las corvas haciendo que se le doblaran las piernas, y por poco no quedó de rodillas en el suelo.

Apenas oyó la voz que intervenía, a varios pasos de distancia:

—Ya vale.

Le soltaron y vio que todos se volvían hacia uno que se acercaba despacio, con las manos en los bolsillos.

—Todos contra uno, cobardes. ¿Por qué no intentáis pegarme a mí?

No era más fuerte ni más mayor, pero se atrevía a desafiarlos y estaba claro que lo conocían.

Víctor pensó que estaba loco y que acabarían zurrándoles a los dos.

—Tú no te metas —murmuró Vidal.

El recién llegado estaba tranquilo. Ni siquiera había sacado las manos de los bolsillos. Víctor comprendió que escondía algo, posiblemente una navaja. Solo así se explicaba su valor para enfrentarse con todos.

—Ya arreglaremos cuentas —dijo Vidal retrocediendo.

—Cuando quieras.

Había algo en él que lo hacía diferente a los demás. Su ropa era vieja, llevaba unas sandalias que le dejaban marcas de suciedad en los pies. Tenía el pelo rapado y una cicatriz en la frente.

Hizo un gesto a Víctor ordenándole que le siguiera.

Tomaron por una calle transversal hacia la carretera que marcaba uno de los límites del barrio. Desde allí, Víctor podría volver a su casa dando un rodeo.

Al cabo de un par de minutos de caminar en silencio, el otro señaló con un gesto hacia la siguiente travesía.

—Yo me voy por ahí.

Víctor titubeaba entre el impulso de darle las gracias y el temor de que el otro se burlase si lo hacía. Finalmente optó por limitarse a decir:

—Me llamo Víctor.

La única respuesta fue un encogimiento de hombros. Sin una mirada de despedida, el desconocido le dio la espalda y se alejó.

Víctor echó a correr hacia su casa.

Como todos los que tienen un secreto, Víctor vivía con miedo.

Le habría resultado muy difícil expresar ese miedo con palabras, pero no por ello era menos real e intenso. Tenía miedo de ser descubierto, de que sus padres comprendieran que él ya no era el niño que ellos creían conocer. Miedo a las miradas demasiado penetrantes de algunos adultos. Miedo a no gustar, a ser rechazado, al ridículo.

Sobre todo, tenía miedo de los otros niños, los normales, los que se afirmaban con gritos, amenazas e insultos, los que eran capaces de pelear o de martirizar a otros más débiles.

Para ocultar su miedo, fingía ser lo que no era, imitaba a los demás ocultando su sensibilidad y su necesidad de ternura. Pero la hipocresía que se había impuesto chocaba con su orgullo causándole un gran sufrimiento.

Aún no había aprendido que todo pasa, también lo malo, y se figuraba que toda su vida sería como lo era en los peores instantes: siempre el miedo, la vergüenza, las preguntas sin respuesta.

2

Desde pequeño, a Víctor le gustaba imaginar que un día sería explorador y viajaría en busca de selvas y bosques por donde no hubiera pasado nadie.

Su padre decía que no se hiciera ilusiones, que ya no quedaban sitios por explorar. Desde siempre, le hablaba como si fuera mayor. Decía que quería prepararlo para la vida, y que la vida era dura. Su madre, por el contrario, razonaba que si su vida iba a ser dura, motivo de más para darle mimos y caprichos mientras fuera niño.

—Mira lo que consigues —reprochaba el padre a veces—: es demasiado delicado.

Aquella palabra sonaba en su boca de una manera tan despectiva que Víctor, sintiéndose rechazado, más de una vez se encerraba en su habitación para llorar a solas.

Ese verano, con los gastos que acababan de tener, había que renunciar a salir de vacaciones. A Víctor las tardes se le hacían interminables. Estaba acostumbrado a jugar solo, no tenía hermanos ni primos, y sus únicos amigos estaban al otro extremo de la ciudad.

Desde su ventana podía ver toda la calle, incluso la plazuela. Las chicas iban y venían intercambiándose secretos y risitas; los chicos permanecían casi siempre alrededor de un banco o jugaban al fútbol pegando balonazos contra las persianas. De vez en cuando alguien salía a su terraza para pedirles que no hicieran tanto ruido, sobre todo a la hora de la siesta. Respondían hipócritamente, con un exceso de educación que en sí mismo era una burla, y en cuanto el adulto desaparecía se reían de él.

Todas las casas que quedaban a la vista tenían la misma altura, cuatro pisos, salvo un bloque de once o doce alturas al otro lado de la plazoleta. Dos días después de que el chico de la cabeza rapada le salvara, Víctor lo vio saliendo del portal de aquella casa. Desde entonces, la observaba a menudo para ver si de nuevo veía a su desconocido amigo.

Amigo era la palabra que usaba mentalmente cuando pensaba en él. Se sentía intrigado porque no lo veía casi nunca con los otros. Al parecer, se iba a otros barrios, quién sabía adónde y para qué. Le gustaba imaginar que lo que hacía era irse de exploración, y pensaba que estaría bien ir juntos un día.

La primera vez que volvió a verlo se dejó llevar por un impulso y se puso a seguirle.

Le inquietó un poco ver que se alejaban de las calles conocidas, porque no había olvidado cierto encuentro con otro chico el verano anterior.

Había sucedido a la hora de la siesta, en una calle desierta y abrasada por el sol. El desconocido era mayor que él, tenía una mirada insolente y turbia, y al cruzarse había observado a Víctor de aquella forma especial que él empezaba a ser capaz de distinguir. Ya otras veces había ocurrido: se diría que el otro le reconocía, que adivinaba su secreto, y eso bastaba para darle una superioridad sobre Víctor, un misterioso poder.

Aquel día, el desconocido fue más allá de la habitual mirada en que se mezclaban el desprecio, la burla y la furia. Sin pronunciar palabra empujó a

Víctor al interior de un portal y allí lo agarró por el cuello.

—Sé lo que eres —susurró mordiendo las palabras.

Lo arrastró contra un rincón, y añadió la abominable palabra que Víctor odiaba y temía más que ninguna otra cosa.

Él no intentó defenderse de aquel ataque que no era más que una de las caras de la fatalidad. Las lágrimas acudieron a sus ojos pero no pidió compasión, como si sintiera que en el fondo aquello estaba justificado, que merecía todo lo malo que le ocurriese.

—¡De rodillas!

Desesperado, con el corazón encogido por el miedo, obedeció, incapaz de rebelarse: estaba en manos del otro y era como si su enemigo tuviera poder de vida y muerte sobre él.

—¡Ahora besa mis pies!

Víctor sintió un frío repentino, como si en el portal en penumbra la temperatura hubiera bajado de golpe.

Al acercar su cara a las alpargatas del otro (de tela azul descolorida y polvorienta, un tipo de calzado que desde ese día aborrecería siempre), le llegó el olor del cáñamo de las suelas, y el del sudor. No pudo evitar que una lágrima cayese sobre la tela estampando un diminuto círculo en forma de sol.

Un empujón brutal hizo chocar su cara contra la alpargata al tiempo que el agresor amenazaba:

—¿Sabes lo que te va a pasar ahora?

Fue en ese instante cuando un hombre que entraba al portal los interpeló airadamente, amenazó con la policía, hizo huir al agresor. Después preguntó a Víctor si se encontraba bien y le aconsejó que se fuese a casa, y él, aturdido, cegado por las lágrimas, corrió y corrió hasta encontrarse a salvo.

No contó nada a sus padres. Un secreto dentro de otro secreto. Y pasó muchos días sin atreverse a salir de casa.

Su extraño amigo caminaba por la carretera, sin prisa pero sin detenerse ni mirar atrás. Si lo hacía y le descubría, Víctor no sabría explicarle qué era lo que se proponía con su persecución.

Nunca había ido más allá del barrio, por aquella carretera que los coches ya no usaban porque había una nueva circunvalación.

Dejaron atrás las últimas casas. La ciudad estaba creciendo muy aprisa, con la llegada de gentes venidas de otros países. Tenían otros acentos, otros idiomas, a veces extrañas costumbres.

Víctor pensó en su único tío, que vivía en el extranjero. En el bolsillo, sus dedos acariciaban el regalo que le había hecho tío Lorenzo la última vez que se vieron: un teléfono móvil que él cuidaba como un tesoro.

A ambos lados de la carretera había monte bajo con una vegetación pobre y seca. Víctor no podía entender adónde iba su perseguido. Lo vio llegar a la altura de un grupo de árboles y dirigirse hacia ellos, dejando la carretera.

Lo siguió aún impulsado por la admiración hacia el desconocido, que era valiente como a él le hubiera gustado ser, y también misterioso. Se preguntó qué haría si el otro sacaba su navaja, y de nuevo volvió a su memoria el encuentro del verano anterior.

Lo vio detenerse, e hizo lo mismo. Sentía el zumbido de los insectos, el sudor en los costados. El otro apoyó una mano en un frondoso árbol de tronco robusto, y miró hacia lo alto. Víctor avanzó aún unos cuantos pasos casi sin darse cuenta.

—¿Me estás siguiendo, caraculo?

Víctor se dispuso a salir huyendo. Respondió algo así como «el campo es de todos», y retrocedió dos pasos.

—Acércate —ordenó el del pelo rapado—. Vamos, si me has seguido hasta aquí será por algo, ¿no? ¿Víctor? ¿Es así como te llamas?

—Sí.

—Yo soy León.

Víctor asintió, contento por lo que le parecía un primer paso para llegar a ser amigos.

—Mira esto, y a ver si lo haces tú —desafió León.

Comenzó a escalar por el tronco del árbol, llegó en pocos segundos hasta las primeras ramas gruesas, y se sentó a caballo sobre una de ellas como si estuviera acostumbrado a hacer aquello.

Víctor observó el árbol —encina, le parecía que era el nombre— y palpó la corteza del tronco. Era dura y tenía escamas grandes y afiladas. Pensó que si resbalaba mientras subía, aquella corteza cortaría como un cuchillo.

—Podría subir si quisiera —aseguró.

—Víctor el cobardica —se burló León.

—Víctor quiere decir vencedor, para que lo sepas.

—Demuéstralo.

Era un lugar muy apartado. Víctor pensó que no se veía un alma, y que si se caía y se rompía algún hueso se quedaría tirado durante horas como un perro.

Aun así, se abrazó al tronco y empezó a trepar.

El corazón le latía con fuerza, y enseguida le pareció que no podía oír nada ni ver otra cosa que el árbol por encima de él. Era como si todo lo demás hubiera dejado de existir.

Al cabo de unos segundos ya no sabía cuánto había conseguido subir. Las puntas de los dedos le ardían. Un pedazo de corteza se desprendió y eso le hizo deslizarse tronco abajo. Se soltó, porque el dolor en las palmas de las manos era intolerable, y quedó en cuclillas al pie del tronco.

Oyó la voz de León, aconsejándole sobre la forma de subir, pero no se sintió capaz de intentarlo de nuevo. La piel de las palmas de las manos estaba profundamente rasguñada, y en un par de puntos la sangre empezaba a brotar.

Estuvo tentado de salir corriendo, para no tener que soportar las burlas de León.

—No pienso subir. Desde ahí arriba no se ve nada.

—Te equivocas, veo muchas clases de plantas: zumaque, regaliz, carrizos, hasta veo un riachuelo a lo lejos.

Víctor se preguntó si sería cierto. En el fondo, lo que le importaba era que el otro le hablaba sin reírse de él. También se le ocurrio que le habría gustado ser capaz de reconocer las plantas por sus nombres.

—¿Vas a subir o no? —preguntó León.

Víctor se lamió con disimulo las minúsculas gotitas de sangre de los rasguños.

—No me interesa escalar. Lo que me gusta a mí es explorar sitios nuevos.

—Esta rama en la que estoy es un sitio nuevo para ti.

—Muy gracioso.

—A mí me gusta subir a sitios altos. Se está bien aquí arriba. Y me gusta hacer cosas difíciles o peligrosas. Si no fueras un cobarde te llevaría a un lugar que conozco.

—No soy cobarde —protestó Víctor—. Vamos donde quieras.

3

Nunca había tenido muchos amigos, tal vez porque no compartía las aficiones de la mayoría.

Solía sacar buenas notas, y en general caía bien entre los profesores, pero había un cierto tipo de chicos —aquellos que los adultos calificaban a veces de brutos, o bestias, gente como Vidal— en los que despertaba hostilidad. Más de una vez, el matón del curso la había tomado con él, sin motivo aparente. Tal vez fuese porque se expresaba mejor, y no era tan descuidado como la mayoría. Delicado, era la palabra que usaba su padre.

Por eso le alegraba doblemente que León le permitiera ir con él. Nadie habría sido capaz de definir a León como un chico delicado. Tenía la piel curtida por el sol y el viento (como un verdadero explorador, pensaba Víctor), nada le asustaba, y al parecer no le importaba lo que pensasen de él, ni estar solo.

El lugar adonde le condujo era una gran fábrica cerrada por las vacaciones de verano o acaso abandonada, con los aparcamientos vacíos.

Alrededor de las naves había un gran terreno despejado y, frente a lo que parecían las oficinas, un jardín con un estanque. No había nadie a la vista.

Víctor preguntó cómo iban a entrar, puesto que todo el recinto estaba rodeado por una verja con los hierros terminados en punta, como lanzas.

—Solo tenemos que saltar —respondió León.

—¿Y si nos ve alguien?

—¿Y si nos ve alguien? —remedó León—. Si nos ven, no pasa nada: salimos corriendo.

Antes de que Víctor pudiera poner más objeciones, León eligió una de las columnas de cemento que se alzaban a lo largo de la verja, y comenzó a escalar por ella con una facilidad que evidenciaba que lo había hecho otras veces. La altura era aproximadamente la de un piso, unos dos metros y medio. Cuando estuvo arriba, sobre la pequeña superficie cuadrada de apenas dos palmos de lado, le hizo una seña.

—¡Sube!

Víctor trepó ayudándose de los adornos de los hierros, y tuvieron que sujetarse el uno al otro porque apenas había espacio para los dos.

—¿Qué te parece?

León hizo un ademán abarcando todo aquello como si le perteneciera. Víctor empezaba a preguntarse si tendría que estar siempre escalando. A él le gustaban las actividades tranquilas, cosas a las que se puede jugar sentado. De pronto, León se colgó de las manos por la parte de dentro del recinto y se dejó caer. Volvió a hacer una seña para que Víctor le imitara.

—¿Y ahora? —preguntó Víctor cuando estuvo a su lado.

—¿No tienes calor? ¿Qué tal un baño?

El estanque era grande pero de poca profundidad, y el agua tenía todo el aspecto de no haber sido cambiada en mucho tiempo.

León se quitó el pantalón y se metió sin descalzarse. El agua le llegaba por encima de las rodillas.

—¡Vamos! ¿A qué esperas?

—Está muy guarra —protestó Víctor.

—¡Valiente explorador! Tienes que estar entrenado para cuando caigas en un pantano.

Víctor entró en el agua, en calzoncillos como León, y notó con desagrado que sus pies resbalaban sobre algo viscoso. León lo llamaba pan de rana, y decía que era bueno para los pies, pero él no entendió lo que quería decir su amigo con eso. Además, había bichos en el agua, a su alrededor, y como no sabía si picaban procuró no perderlos de vista.

—¡No hacen nada! —exclamó León—. Solo son zapateros, y puede que algún renacuajo.

El sol calentaba de firme, templando el agua. León patinaba sobre el musgo riéndose a carcajadas. Víctor acabó por reírse también, contagiado por su amigo. Se le ocurrió que ellos dos eran los únicos seres en aquella parte del mundo, y esa idea le gustó. Ni matones ni gente que se burlase de él.

—¿Sabes hacer el grito de Tarzán? —preguntó, y a continuación intentó hacerlo él.

—Pareces una gallina. Yo te enseñaré cómo se hace.

León empezó a golpearse el pecho e inició un grito. De repente se interrumpió y señaló a espaldas de Víctor. A pocos pasos, surgido de no se sabía dónde, había un guarda con un enorme perro.

Víctor pensó que, después de todo, no eran los únicos seres por allí, y que aquellos otros tenían cara de malas pulgas.

—¡Corre! —gritó León saliendo del agua a toda prisa.

Víctor habría preferido dar una explicación al guarda. Siempre confiaba en solucionar las cosas hablando. Pero cuando vio la forma en que gruñía el perro mostrando los colmillos en su espantosa boca negra, corrió sin decir nada tras León. La mala suerte hizo que resbalara en el musgo y cayera. El hombre gritaba algo que no entendió. Tenía la horrible sensación de haber tragado de aquella agua verdosa y sucia, y a ciegas, chorreando, consiguió salir cuando ya el perro corría hacia ellos.

Vio que León echaba a correr con el pantalón bajo el brazo, y sin perder tiempo le imitó, acuciado por los ladridos. El perro estaba ya muy cerca.

Corrió tan aprisa como pudo, sin sentir el dolor cuando pisaba alguna piedra. El miedo le hacía ser tan veloz que incluso adelantó a León. Se daba cuenta de que si conseguían subir a la verja estarían a salvo. El guarda era demasiado gordo para correr tanto como ellos. El perro, sin embargo...

Un grito de su amigo le hizo volverse. Vio cómo el perro le enganchaba el calzoncillo. Vio cómo se rasgaba la tela. Y vio algo que le llenó de asombro. Su amigo se volvió y se enfrentó al animal, dispuesto a luchar con él para defenderse.

Pensó que no había nadie en el mundo tan valiente o tan loco como León. Imaginó que sacaría su navaja y que lucharía con el perro.

Entonces tuvo una idea, la idea más vieja del mundo para alejar a un perro: cogió una piedra, tan gorda como una pelota de tenis, y la lanzó con fuerza.

Clonc.

El ruido de la piedra al golpear en la cabeza del animal le sorprendió. No había esperado tener tanta puntería. El perro se quedó paralizado unos segundos, sin duda también por la sorpresa, y eso bastó para que León se pusiera a salvo.

Treparon los dos a la vez, encaramándose a la verja, y saltaron al exterior.

El guarda gritaba, con el rostro rojo de furia. El perro metió el hocico entre los barrotes, mostrando sus afilados colmillos.

—¡Perrito bonito! —se burló León.

Se alejaron a toda velocidad, y no se detuvieron a calzarse hasta haber perdido de vista la fábrica.

Víctor se contempló impresionado los pies, tan sucios que era imposible saber si tenía alguna herida.

—Están negros como los de un verdadero explorador, ¿eh?, je, je —se rio León.

—Lo malo será cuando me vean así en casa. Mejor dicho, cuando me huelan. El agua estaba apestosa.

Cuanto más buscaba, más restos de musgo y suciedad encontraba en su piel. Y lo peor era que le picaba todo.

4

—¿Quién era ese chico?

—¿Qué chico?

—Os he visto desde la ventana —explicó la madre de Víctor.

—Un amigo. Se llama León.

—¿No es mayor que tú?

—Qué va, soy igual de alto que él.

—Pues parece mayor. Y va vestido como un pordiosero. Ya me enteraré yo de qué clase de chico es.

Desde que habían llegado a la nueva casa, su madre estaba de mal humor casi siempre, y Víctor sabía por qué era. No había querido que la familia del padre les hiciese un préstamo, y debido a eso los dos discutían a menudo.

Al día siguiente, ella volvió a sacar el tema de León.

—¿Sabías que se pasa el día en la calle porque no tiene madre?

—No —respondió sinceramente Víctor.

—Y no se llama León.

—¿Ah, no?

—No. Se llama Silvestre. Me lo han dicho en la tienda. En el barrio lo conoce todo el mundo porque siempre se está metiendo en líos. Dicen que es un vagabundo.

—¡Silvestre! ¡Vaya nombre, no me extraña que prefiera llamarse León!

—Y tiene trece años.

—¿Y qué?

—¿Cómo que y qué? Me han dicho que es un embustero, y ya ves que es cierto. Hasta en su nombre te ha mentido. No quiero que te juntes con él.

Víctor sabía que su madre le mimaba incluso en exceso, y casi siempre estaba dispuesta a perdonarle todo, pero de tarde en tarde se mostraba inflexible con algo, generalmente con lo que ella llamaba malas compañías, y entonces era más intransigente que el padre.

—¡Pero es mi amigo! —protestó.

—¿Cómo va a ser tu amigo, si lo acabas de conocer?

—Yo también me invento cosas. Y también me gustaría ser vagabundo.

—No sabes lo que dices. Él está siempre por ahí porque su madrastra no lo quiere en casa.

—Entonces no tiene él la culpa.

—No discutas, Víctor. Sus razones tendrá esa mujer. He dicho que no quiero volver a verte con él, y no se hable más.

A Víctor le pareció que su madre era injusta, y que tal vez pagaba con él los disgustos que tenía por cuestiones de dinero.

La siguiente vez que vio a León desde su ventana prefirió no bajar. Su amigo se había sentado en un bordillo, justo enfrente, como si le estuviera esperando. Vio que Vidal y los otros estaban a unos pasos de distancia, y temió que atacasen a León (para él seguía siendo León), pero no pasó nada. León le había explicado que Vidal y él eran primos, cosa que le sorprendió porque no parecía que se llevasen bien.

Al cabo de un rato, compadecido de su amigo, se asomó para al menos hablar con él desde la ventana.

—¿Bajas? —preguntó León.

—¡No puedo!

La madre de Víctor le ordenó que cerrase la ventana, y no tuvo más remedio que obedecer.

—Ya sabes lo que te dije, Víctor. No quiero que hables con él.

Víctor siempre había pensado que prefería parecerse a su madre antes que al padre. Ella le comprendía mejor, mientras que su padre era más brusco y descuidado: durante el curso, lo despertaba sin miramientos y si él se encontraba mal para ir al colegio le acusaba de estar fingiendo. Tampoco tenía paciencia cuando él lloraba o se emocionaba demasiado. Decía que los hombres no hacían esas cosas.

5

A costa de mentir y desobedecer, aunque no le gustaba hacerlo, Víctor volvió a encontrarse con León.

Un día estuvieron cogiendo moras y comiéndolas a puñados sobre la marcha. Acabaron llenos de arañazos y con las manos y las bocas teñidas. Después, León propuso hacerse un amuleto para llevarlo siempre encima y que les diera suerte.

—Tiene que tener parte animal, parte mineral y parte vegetal. El animal no hace falta que esté vivo, claro —explicó.

Tras una larga búsqueda, cada uno eligió una pluma de pájaro, una piedrecita y un trébol de un campo junto a «su» árbol. Y una vez en posesión del amuleto, se sentaron al pie del árbol.

—Hoy no digo que escalemos —bromeó León— porque sé que te cagarías. Y luego tendría que aguantar la peste.

—Muy bueno. Eres tan gracioso que de todas formas estoy a punto de mearme.

A los dos les entró la risa y se les oía a un kilómetro.

—¿Quieres que te explique por qué me gustan las alturas? —preguntó León de pronto.

Víctor respondió afirmativamente.

—Lo que te voy a decir es un secreto. Tienes que jurar que no se lo contarás a nadie.

Para sellar el juramento, escupieron en la palma de la mano y se la estrecharon solemnemente.

—Cuando era pequeño y aún vivía mi madre, nuestra casa era un piso viejo al que se entraba bajando escaleras en vez de subirlas. No quiero decir un bajo, sino una especie de sótano. Vivimos allí hasta que yo tuve seis años. Mis padres...

Calló unos momentos, y luego prosiguió en voz baja:

—Mis padres no tenían dinero. La ventana de mi cuarto, que era pequeña y estaba cerca del techo, quedaba sobre la acera de la calle, de forma que desde mi cama yo solo veía los pies de la gente que pasaba. A veces un gato se paraba a mirarme a través del cristal. Desde entonces no me gustan los gatos.

—Y siempre que puedes te subes a sitios altos —completó Víctor—. ¿En qué piso vives ahora?

—En el cuarto, como tú. Me gustaría vivir en el ático, en la planta doce, pero está deshabitado. Un día entraré a explorarlo. Mejor dicho, entraremos.

Víctor esperaba que dijese algo acerca de cuándo había muerto su madre, o de cómo era su madrastra, pero estaba claro que a León no le gustaba hablar de aquello y, como otras veces, se quedó con las ganas de preguntar.

—Mañana exploraremos ese piso —dijo de pronto León.

—¿El que está deshabitado? ¿Para qué? Solo encontraremos polvo y ratas.

—¿Te dan miedo las ratas?

—A mí no me da miedo nada —mintió Víctor suponiendo que eso era lo que su amigo quería oír.

—Pues entonces, trato hecho, mañana entramos. Dame la mano.

Víctor le tendió su mano y León se la estrechó apretando tanto que casi consiguió que se le saltaran las lágrimas.

6

El día había amanecido nublado. Desde muy temprano, Víctor estaba tan inquieto que su madre lo notó y le preguntó qué le ocurría.

—Nada —respondió.

—¿Hoy también vas a ir con Vidal y los otros?

Le había contado que ya era amigo de los chicos de la calle, e incluso, haciendo un gran esfuerzo, se había acercado un par de veces a ellos para que no fuese una mentira completa, porque no le gustaba tener que mentir. Vidal y los demás le aceptaban a medias, pero no le habían preguntado si tenía un móvil y si quería entrar en el grupo que habían formado.

—¿Y al otro, a Silvestre, lo has visto? —preguntó la madre.

—No.

—Si me entero de que te juntas con él, te castigaré sin salir.

—Tampoco hacíamos nada malo —protestó Víctor.

—Habríais acabado haciéndolo. Es mayor que tú, y seguro que hacías lo que él quería. Su madre dice...

—No es su madre, es su madrastra, tú misma lo dijiste.

—Tanto me da. Dice que lo va a meter en un centro de acogida. Carne de presidio. Esas fueron las palabras que usó.

—¿Y qué quiere decir?, ¿que acabará yendo a la cárcel? No sé por qué —respondió Víctor, impresionado a pesar suyo.

—Cuando lo dice, por algo será. No sabemos lo que es capaz de hacer. Tú no te acerques a él, y en paz.

Más tarde, cuando Víctor se encontró con León, no podía dejar de pensar en aquellas palabras, carne de presidio, pero no dijo nada a su amigo para no entristecerle.

Entraron en el alto bloque de pisos donde vivía León y subieron en el ascensor hasta el décimo. Después subieron a pie los dos pisos restantes, sin hacer ruido.

—Así nadie sospechará dónde vamos —susurró León.

Se detuvieron ante una puerta que daba a la azotea. Víctor vio que estaba cerrada con un candado y preguntó a su amigo si tenía llave.

—No. Solo la tiene el presidente de la comunidad. Antes podía subir todo el mundo, pero nos juntábamos tantos niños que hace dos o tres años decidieron prohibir el ascenso.

«Acceso», pensó Víctor. La palabra correcta era acceso y no ascenso. A veces su amigo usaba mal alguna palabra, y él tenía que contenerse para no rectificarle.

—Entonces no podemos hacer nada —dijo, aliviado.

—Sí podemos. No hace falta abrir el candado.

Y sin más explicaciones, León comenzó a manipular el candado. Lo hacía girar a derecha e izquierda, apenas un cuarto de vuelta, y al cabo de un rato había aflojado una de las hembrillas que lo mantenían sujeto. La sacó con cuidado, dejando la otra clavada al marco, con el candado.

Pasaron a la azotea y entornaron la puerta.

—Suelen pasar muchos días sin que alguien suba aquí —dijo León—. Pero tenemos que ir con cuidado de no hacer ruido, o nos oirán desde el piso de abajo.

Víctor contemplaba el panorama, admirado porque nunca había visto aquella parte de la ciudad desde un punto tan alto. Trató de localizar sus ventanas, pero León no le dio tiempo.

—Vamos, sígueme.

En aquella parte de la terraza no había otra cosa que unos trasteros, varios de ellos sin puerta. Pero hacia el lado que daba al campo había dos ventanas.

Ambas tenían persianas blancas, a primera vista cerradas hasta abajo, pero una de ellas tenía una ranura por la que León metió los dedos.

—Ahora hay que empujar para arriba. Ayúdame.

Fue en ese instante cuando Víctor comprendió que su amigo no había hablado por hablar, sino que iba en serio.

—¿Estás seguro de que quieres entrar? —preguntó, preocupado—. Es allanamiento de morada.

—¿Y qué?

Víctor se dio cuenta de que tenía la boca tan seca que apenas podía hablar. Le ocurría siempre que recibía una impresión o un susto.

—Es un delito. La gente va a la cárcel por una cosa así.

—Conozco a la dueña. A ella no le importará.

Víctor miró en torno, esforzándose en encontrar argumentos para convencer a León de que no siguieran adelante. El cielo estaba cada vez más negro, y se dio cuenta de que el olor presagiaba tormenta. Como era supersticioso, lo interpretó como un augurio de que algo malo se derivaría de aquello.

—¿Te acobardas? No me lo esperaba de ti —dijo León.

No podía decepcionar a León. Era el único amigo que tenía, y le había aceptado sin burlarse de él.

Otros, en cambio... A su memoria volvieron momentos vividos a la salida de su antiguo colegio. Las voces de algunos de sus compañeros: «¡Victoria!», «¡Victorita!». Nadie le había ayudado entonces. Por otra parte, varias veces le habían llegado correos insultantes de compañeros a los que él no había hecho nada. Entre unas cosas y otras, a menudo se había sentido muy solo, y había echado en falta el tener un verdadero amigo.

Haría lo que fuese, sin importarle las consecuencias, por León.

Puso las manos bajo la persiana y tiraron ambos hacia arriba. Poco a poco, la persiana cedía.

La subieron hasta una altura suficiente como para pasar arrastrándose por debajo. El último paso fue el más fácil: la ventana era de dos hojas correderas y León, que seguramente la había dejado preparada, solo tuvo que presionar una de ellas y la abrió sin dificultad.

Arrastrándose sobre el alféizar, pasó bajo la persiana, que se mantenía tal como la habían dejado. Una vez dentro, llamó a Víctor por señas.

Víctor se dio cuenta de que le temblaban las manos. Estuvo a punto de confesar que no se sentía capaz de hacerlo, pero inspiró con fuerza y acabó pasando también por la abertura. Se reunió con León en una habitación pequeña y vacía.

León le precedió hasta un pasillo, dejando abierta la puerta de aquella habitación para tener algo de luz del exterior. Víctor supuso que la luz de la vivienda estaría cortada. Siguió a su amigo sintiendo que la emoción casi no le permitía respirar.

—Huele a muerto —susurró León.

Era verdad que olía raro. Tal vez las cañerías. El pasillo era largo y tenía puertas cerradas a los dos lados. Al llegar a una de ellas, Víctor se adelantó a empujarla para demostrar que no tenía miedo.

Estaba muy oscuro. Se quedó inmóvil, sintiendo que el corazón le daba un vuelco. Allí había algo extraño. Si hubiera podido, habría salido corriendo, pero durante unos segundos fue incapaz de moverse.

Los bultos en la oscuridad parecían mirarle. Sobre todo, una silueta alargada y oscura que casi le hizo soltar un grito.

—¿Estás viendo eso? —preguntó León en un murmullo.

Víctor asintió, tragando saliva. De no haberse quedado sin voz, habría preguntado a su amigo si lo había visto antes, y qué era. A él le parecía un hombre. Pero si era un hombre estaba muerto. Un muerto de pie.

Oyó algo, una especie de gemido, y se dio cuenta de que era él quien gemía. Los pelos de encima de sus orejas y de la parte de atrás de la cabeza le cosquillearon, y por primera vez comprendió que la expresión «con los pelos de punta» podía ser literalmente exacta.

Entonces miró para otro lado y lo que vio fue aún peor.

Vio a un niño que le miraba con la boca y los ojos muy abiertos. Y era igual que él.

Soltó un grito de pánico.

Un segundo después se dio cuenta de que el niño era él, y pensó que era un idiota porque lo que estaba mirando no era más que un espejo. Pero ya era demasiado tarde, su grito podían haberlo escuchado desde el piso de abajo.

—¡Corre!

León le empujó para que salieran de allí. Tropezaron, estorbándose mutuamente, al volver a la primera habitación.

Víctor se tiró casi de cabeza al hueco bajo la persiana, y cayó de cualquier manera al suelo de la terraza. Un chaparrón empezaba a descargar una tromba de agua.

¿Por qué no salía León? ¿Y si lo había cogido el muerto?

Víctor aguardó bajo la lluvia durante unos segundos que a él le parecieron horas, y por fin su amigo asomó reptando por el alféizar.

—¡Vámonos! ¡Vámonos!

—¡No! —dijo León—. ¡Espera! Hay que dejar esto como estaba.

Pero la persiana parecía haberse atascado y no conseguían bajarla. Lo intentaron con todas sus fuerzas sin obtener ningún resultado. La lluvia arreciaba azotándoles.

La reacción después del miedo que había pasado hizo que a Víctor se le saltaran las lágrimas. Por suerte, gracias a la lluvia, León no se dio cuenta.

No podían seguir más tiempo allí, corriendo el riesgo de que les hubieran oído y subieran a ver qué ocurría. Decidieron dejar la persiana como estaba. Si podían, volverían más tarde para tratar de cerrarla.

Dejaron el candado como lo habían encontrado y bajaron dos pisos con sigilo.

Ya en el ascensor, León le explicó atropelladamente:

—El piso es de una tía de mi padre, muy vieja, que era modista. Se fue a vivir a la costa y no viene nunca. Estoy seguro de que lo que hemos visto era un maniquí. ¿Entiendes?, un maniquí para probar la ropa que cosía.

—Entonces, ¿no es un muerto?

—¿Cómo va a ser un muerto? Ya te digo lo que es. Me he dado cuenta cuando nos íbamos. Ya lo verás cuando volvamos.

—No pienso volver nunca ahí —dijo Víctor.

Salieron a la calle y echaron a andar, hablando excitadamente.

Se detuvieron en la plazuela. Víctor miró hacia su casa y vio a su madre en la ventana.

También ella le había visto, con León.

7

Al padre de Víctor no le gustaba ejercer su autoridad más que con alguna que otra orden aislada. Ante la perspectiva de una verdadera conversación parecía incómodo, como si no supiera encontrar el tono adecuado para hablar con su hijo. Lo que hacía entonces era exagerar su brusquedad, impaciente por acabar cuanto antes.

—Tu madre dice que te estás volviendo desobediente desde que te juntas con ese.

También Víctor detestaba aquellas conversaciones porque no entendía por qué su padre le miraba como decepcionado, y no acertaba a adivinar cómo debía actuar para complacerlo.

—Solo he desobedecido en lo de juntarme con él.

—¿Qué es lo que hacéis cuando estáis juntos?

—Pues... nos vamos por ahí, al campo.

—¿Para qué?

Víctor se acordó de lo del amuleto, y respondió lo primero que se le ocurrió:

—Vamos a coger tréboles.

—¿Me estás tomando el pelo?

Ya estaba, ya aparecían los signos que avisaban de que el padre acabaría por enfadarse. Su voz y su mirada se volvían como de acero, y a partir de ese momento apenas escuchaba. Víctor habría dado cualquier cosa por saber cómo enfrentarse a aquello, pero lo único que consiguió fue mostrar una expresión temerosa al borde de las lágrimas.

—¿Vas a empezar a lloriquear? —gritó el padre.

—Es que te estoy diciendo la verdad y no me crees.

El padre meneó la cabeza mirándole con gesto de profundo disgusto.

—Tengo un hijo que en vez de jugar al fútbol se va a recoger margaritas.

Víctor, con la mirada baja, permaneció en silencio. Pensaba en su mala suerte, que había permitido que su madre le viera con León y hablase con el padre. Sabía que aquella conversación no terminaría bien.

—Un hijo tan delicado —siguió el padre— que en el colegio muchos se reían de él. ¿Creías que no lo sabía? Sé lo que te llamaban.

Víctor no respondió. Había enrojecido y hacía esfuerzos por no llorar.

—¿Se puede saber por qué no eres como los demás? ¡Contéstame!

Víctor se encogió de hombros. Pensó que ojalá su padre le diese un par de bofetadas y acabasen de una vez.

—No me importaría que fueses desobediente, o que hicieras una travesura de vez en cuando. Sé lo que es tener once años, también yo los tuve. Es más, no me importaría que sacases peores notas, fíjate en lo que te digo. Esas notas tan buenas que traes, no son tan importantes. Todo lo aceptaría mejor que..., ¡mírame cuando te hablo!

Víctor levantó la vista, tan confuso como avergonzado, porque en realidad solo entendía a su padre a medias. Ya antes, una o dos veces, le había hablado así, y él no sabía cómo responder, o en qué cambiar.

—¿Por qué tienes que ser diferente de los otros niños? ¿Es porque tu madre te ha mimado demasiado?

En realidad, el padre no esperaba respuesta; se diría que se formulaba preguntas a sí mismo en voz alta.

—¿Qué voy a hacer contigo? —preguntó aún.

Parecía más cansado que enfadado. Por retazos de conversaciones oídos casualmente, Víctor sabía que había problemas en la fábrica donde trabajaba su padre, y que se hablaba de que no tardarían en cerrar. Entonces su padre se quedaría sin trabajo y tal vez no conseguiría otro en ninguna parte. Y todo aquello llegaba en el momento más inoportuno, cuando acababan de comprar un piso nuevo.

—Solo te lo diré una vez —suspiró el padre—: estar a solas con un chico mayor, apartado de la gente, es lo último que debes hacer. Si vuelves a ir con él, lo sabré y te quedarás castigado sin salir en todo el verano, ¿entendido?

Víctor asintió con la cabeza.

—Quiero oír cómo respondes —se impacientó el padre—. ¿Has entendido lo que he dicho?

—Sí.

Fue entonces, sin motivo, como a desgana, cuando el padre le dio una bofetada.

—Y ahora llora y verás lo que te pasa.

Apretando los labios y los dientes hasta hacerse daño, Víctor consiguió que las lágrimas no asomasen a sus ojos.

Dentro del pecho sentía crecer la rabia ante la injusticia de la que era víctima, pero también eso logró ocultarlo.

8

A Víctor le encantaba recibir noticias de tío Lorenzo, postales de cualquier parte del mundo que ponía en la pared de su habitación. Pero lo que recibió al día siguiente fue mejor que una postal o una llamada: la visita inesperada del tío.

—¿Cómo está mi sobrino favorito? —oyó Víctor desde su habitación.

Era una alegría que llegaba cuando más la necesitaba, y Víctor corrió a abrazar a su tío. Como siempre, el tío vestía curiosas ropas de todos los colores y tenía la piel quemada por el sol.

—¿De dónde vienes, tío? ¿Dónde estabas ayer?

—En París.

—¿Y antes?

—En Australia. Y te traigo una cosa de allí.

—¿Un canguro?

—Algo que tiene que ver con los caballos.

La madre de Víctor sonreía asistiendo a la conversación entre su hijo y su hermano. El padre no parecía tan contento, porque últimamente no se llevaba demasiado bien con Lorenzo.

No entendía, el padre, que un hombre despreocupado y, en su opinión, sin sentido de la responsabilidad, tuviera éxito. Lorenzo era escultor, tenía cierta fama, y hacía el tipo de vida que quería. El padre de Víctor, en cambio, nunca había tenido suerte con el trabajo.

—Por cierto, sobrino, una adivinanza: ¿a que no sabes qué es lo que se necesita para montar un caballo salvaje?

Víctor se encogió de hombros y admitió que no lo sabía.

—¡El culo! —se rio Lorenzo.

Mientras hablaba, sacó de su equipaje una bolsa de tela y se la tendió a su sobrino. Víctor vio que contenía un puzle en el que se veía a unos jinetes.

—Riding Wild Horses —leyó encantado, porque le gustaban mucho los puzzles y porque aquel tenía muchas piezas.

—Montando caballos salvajes —tradujo Lorenzo.

Más tarde, tío y sobrino fueron a dar una vuelta por el centro de la ciudad. A los dos les gustaba caminar y jugar a perderse.

Mientras recorrían calles para él desconocidas, Víctor contó algunas cosas de su nuevo amigo. Su tío le escuchaba con interés, haciéndole preguntas, y al final dijo que aquel León parecía ser un chico con personalidad, y que eso estaba bien.

Víctor confesó que le habían prohibido volver a verle.

—Y desde que te lo han prohibido, tú no haces más que pensar en verlo, ¿no? Dime la verdad: ¿me lo cuentas para que hable con tu padre?

Víctor admitió que así era. Por ningún motivo quería mentir a su tío.

—Hablaré con él. Lo que hace falta es que me escuche.

Su tío era el único adulto con el que Víctor se animaba a sincerarse, aparte de su madre, que no se había mostrado muy comprensiva en lo de su amistad con León.

Pensaba Víctor que ojalá Lorenzo hubiese sido su padre, y que de mayor le gustaría ser como su tío.

—Es verdad que a mi padre no se le da bien escuchar.

Seguramente su deseo de viajar era por influencia de Lorenzo. Y hasta había intentado modelar con barro para ver si podía llegar a ser escultor. Pero era muy difícil.

Precisamente en esos días estaba leyendo *Robinson Crusoe*, porque la lectura era otra de sus aficiones, y se había consolado al leer que a Robinson le costaba mucho fabricarse utensilios de barro en su isla.

Las calles del centro estaban llenas de gente que iba de una tienda a otra. Tío Lorenzo comentó que era asombrosa la cantidad de cosas que necesitaban las personas, y Víctor le habló de Robinson.

—Al principio de naufragar lo pasa muy mal en la isla, y llora y se desespera, pero al cabo de un tiempo llega a ser feliz, aunque está solo, porque descubre que no necesita casi nada para vivir.

—Ese es el secreto —respondió seriamente tío Lorenzo—. En cambio, los que necesitan mucho, siempre son desgraciados por las cosas que tienen que hacer para conseguir dinero, y porque nunca les parece suficiente.

El tío cumplió su palabra y esa noche habló con el padre. Víctor los oyó, ya acostado, porque la conversación iba subiendo de tono.

—Deberías confiar más en él —decía tío Lorenzo—. Es un buen chico. No sé si os dais cuenta de la suerte que tenéis con un hijo así.

—No necesito que vengas tú a decirme cómo es mi hijo, o cómo tengo que educarlo —respondió el padre—. Tú mismo no eres precisamente un ejemplo a seguir. Eres irresponsable y vives al día, ni siquiera has sido capaz de formar una familia.

—Vale, otro día hablaremos de mí, ahora me interesa más hablar de Víctor. Salta a la vista que no son castigos lo que le hace falta, sino estímulos que refuercen lo que tiene de bueno, que es mucho.

—Vaya, ahora eres psicólogo.

—Por favor, no levantéis tanto la voz —intervino la madre— que os va a oír él y se creerá que estáis discutiendo y se asustará.

—Sí, se asusta con mucha facilidad —ironizó el padre—, ya sabemos que nos ha salido delicado.

—Es un chico sensible —admitió Lorenzo—, pero eso no es un defecto.

—¡No entiendes nada y no sabes nada! ¡Los curas del colegio al que ha estado yendo hasta ahora me avisaron de que muchos compañeros suyos se metían con él! ¡Sensible! ¡Ya lo creo que es sensible! ¿Sabes lo que le ha dado por hacer ahora? ¡Se va al campo con un golfo a coger florecillas! En su colegio algunos lo llamaban la Victoria, ya me entiendes.

Durante un rato no se oyó nada más. O se habían callado o hablaban en susurros. Víctor, avergonzado de que su tío se enterase de aquello, hundía la cara en la almohada y sentía ganas de morirse.

—Lo que quiero es que no sufra —volvió a oírse al padre—. Si sigue así, lo pasará muy mal. Esta época no es para débiles y sensibles. Tendrá que endurecerse, como todos, y yo me encargaré, sea como sea.

Víctor oyó un sonido que conocía bien: su madre estaba llorando. No era la primera vez que lloraba oyendo al padre hablar así. Eso era lo peor de todo, el sentirse culpable de hacer sufrir a su madre. Sin darse cuenta, Víctor se clavaba las uñas en el dorso de las manos para hacerse daño. Pensaba que había decepcionado a sus padres, y que nunca sería normal, como los demás.

—A golpes no ayudarás a tu hijo —decía tío Lorenzo.

—Así me educaron a mí, y mírame.

—Ya te veo, y pienso que no te mereces el hijo que tienes.

—Tú a mí no me hablas así en mi casa. Mañana por la mañana coges tus cosas y te largas.

—¡Por favor! —suplicaba la madre—. ¡Que no os oiga el niño!

Hubo un silencio, y luego unos murmullos y los pasos de tío Lorenzo retirándose a la habitación de invitados.

Por la mañana, cuando entró a despedirse de Víctor, él ya estaba despierto y vestido.

—¿Puedo irme contigo unos días? —preguntó en un susurro.

Se sentaron los dos en la cama y el tío le pasó un brazo por los hombros. No conseguía ocultar que estaba apenado. Mientras le hablaba en voz baja no dejó de mirarle a los ojos.

—Sabes que tu padre no lo permitiría —respondió—. Procura no hacerle enfadar. Él solo quiere lo mejor para ti. Supongo que ser padre es muy difícil.

—¿Cuándo volverás?

—No lo sé, pero cuando tenga una dirección estable te escribiré, y espero que tú también me escribas una carta tan larga como el libro de Robinson.

Víctor asintió. Pero solamente podía pensar en que de nuevo volvería a estar solo.

—¿Me llamarás? Creí que para eso me habías regalado el móvil, para llamarme alguna vez.

—Se te olvida que tú tienes móvil pero yo no. Aunque si es tan importante para ti, te llamaré desde algún teléfono público.

«No quiero que te vayas», pensó Víctor, «por favor no te vayas».

Pero no lo dijo en voz alta, porque eran palabras propias de un niño más pequeño y él ya no tenía derecho a hablar así, si no quería disgustar a su padre.

9

Aquel mismo día se encontró con Vidal cerca de la plaza.

—¿Hoy no vas con mi primo?

Negó con un gesto. Le repugnaba aquel chico con su gordura enfermiza y su mirada en la que había una especie de astucia a la que hubiera sido excesivo llamar inteligencia.

—Tú siempre vas con mi primo —dijo Vidal, como una acusación.

—¿Y qué?

Tal vez lo que sucedía era que detectaba algo diferente en Víctor. Lo mismo había ocurrido otras veces, con chicos aparentemente estúpidos, los que disfrutaban con la violencia, que adivinaban la debilidad que Víctor procuraba ocultar. Era como un instinto animal.

—¿Por qué no os juntáis nunca con nosotros?

Víctor no supo qué responder. Sabía que a Vidal no le importaba él sino León. No podía entender para qué lo necesitaba, pero la respuesta se la dio el mismo Vidal indirectamente:

—¿Sabes que estamos en guerra con los del barrio de abajo?

Ni siquiera sabía qué barrio era ese, de modo que se limitó a hacer un gesto negativo. Mientras, buscaba mentalmente un pretexto para marcharse.

—Tuvimos una pelea y descalabramos a uno. Casi se le veían los sesos.

Ocultando su impresión, se forzó a sonreír como si aquella muestra de brutalidad le pareciera divertida. Cuando se veía obligado a fingir así, se despreciaba a sí mismo por cobarde.

—La próxima vez que haya pelea, ¿vendrás o no?

No tenía más remedio que responder, y de nada serviría mentir en aquel momento.

—No me gustan las peleas.

Vidal lo miró de arriba abajo.

—Seguramente prefieres jugar con las niñas.

Víctor se sonrojó por lo que pretendía ser un insulto. Para cierta clase de chicos de aquella edad, el jugar con las niñas era algo mal visto. No entendían a las niñas y en consecuencia las evitaban. Para ellos, las niñas pertenecían a otro mundo. Las habían aceptado hasta uno o dos años antes, pero después habían comenzado a desconfiar de ellas, y había quienes las detestaban.

—Creo que ya sé lo que eres tú —añadió Vidal con desprecio.

Víctor vio que León pasaba cerca de ellos y posiblemente había oído las palabras de Vidal, aunque no los miraba. Lo llamó y fue tras él.

—Creí que te habías muerto —ironizó León.

—Estaba castigado.

Estuvo a punto de añadir: «Me castigaron porque no quieren que vaya contigo», pero León se le adelantó:

—De todas formas, a partir de mañana ya no nos veremos.

Procuró ocultar la impresión que le causaban aquellas palabras. Si su amigo se había cansado de él, ya nada tenía importancia, ni siquiera que los viesen juntos. ¿Qué más daba que lo castigaran sin salir?

Esperó que su amigo se echase a reír y declarase que solo era una broma, pero León tenía la expresión ceñuda de los malos momentos, que hacía que la cicatriz de su frente fuese más visible. Estaba claro que no bromeaba.

—¿Es verdad lo que dice ese? —preguntó sin mirar a Víctor.

—¿De qué?

—De que prefieres estar con las niñas. Que eres...

Hizo un gesto echando atrás la mano con un giro de muñeca.

—Vidal es imbécil —dijo Víctor, no muy alto por si el otro seguía por allí cerca.

—Eso ya lo sé. Lo que no sé es por qué no le has dado un puñetazo, si no es verdad lo que dice.

—Pegarse con alguien es de idiotas. Odio tener que pelear.

—¿Ni siquiera para defenderte?

De pronto, León le dio un puñetazo en el hombro. Víctor se quedó tan asombrado que no supo cómo reaccionar.

—No me gusta que me vean con uno como tú —dijo León— o se pensarán que yo soy igual.

—¿Por eso has dicho que no querías volver a verme?

Sin esperar respuesta, dejándose llevar por un impulso que era consecuencia del sentimiento de sufrir una injusticia, Víctor se lanzó contra su amigo. Rodaron los dos por el suelo. Esta vez el sorprendido era León, y por un momento pareció que Víctor conseguiría vencerle.

—Yo no he dicho eso —resolló León sujetando a Víctor—. No nos veremos más porque me voy.

Tan súbitamente como había empezado, la pelea terminó sin consecuencias.

—¿Adónde te vas?

—Me mandan a un campamento. Salgo mañana temprano. Estaré un mes entero.

Era una mala noticia. Significaba que Víctor se quedaba solo en un momento en que el líder de la calle, Vidal, lo había rechazado

—Vamos —dijo León—, te enseñaré mi refugio secreto.

Lo condujo al bloque donde vivía y, como había hecho días antes, León retiró una de las sujeciones del candado sin necesidad de abrirlo. Salieron a la terraza.

En contra de lo que se temía Víctor, no fueron hacia las ventanas del ático, sino a los trasteros.

Pasaron ante el cuarto de la maquinaria del ascensor, según se podía deducir por una placa que avisaba:

ALTA TENSIÓN
PELIGRO DE MUERTE

El último trastero carecía de puerta. Había un colchón apoyado contra la pared y una manta doblada en el suelo.

—Ayúdame —ordenó León.

Colocaron el colchón bloqueando el hueco de la puerta, con lo que el trastero quedó en la oscuridad y nadie podía verles desde fuera. Se sentaron en la manta.

A Víctor siempre le había gustado construirse cabañas con un par de sillas y una sábana por encima, pero aquello era mucho mejor. Uno podía imaginar cualquier cosa allí adentro: que estaba en un fuerte, en una cabaña en el bosque, o prisionero en un calabozo. Era emocionante.

La manta era de lana y desprendía un olor que le recordaba al de las ovejas. El verano anterior se había familiarizado con aquel olor durante las vacaciones, en un pueblo muy pequeño en la montaña.

León sacó cerillas y encendió un cabo de vela que llevaba consigo. Cuando su cara quedó iluminada, Víctor se dio cuenta de que tenía marcas como si se hubiera peleado.

—Yo no te he hecho eso, ¿verdad?

León se palpó el rostro y negó con un gesto.

—No son de hoy. ¿Qué te parece mi refugio?

Víctor silbó para expresar su admiración.

—¿Y cómo te hiciste eso de la cara? —insistió.

—Mi padre.

No parecía dispuesto a decir nada más, y Víctor trató de imaginarse la escena. El hombre a quien no había visto nunca, los golpes, León cayendo al suelo sin una queja ni un gemido. Le hubiera gustado decir algo que sirviese de ayuda a su amigo.

—La culpa la tiene ella —añadió León tras un largo silencio—, que le dice que me pegue.

Era la primera vez que mencionaba lo que ocurría en su casa.

Conmovido, Víctor se mordía los labios. De pronto le pareció oír un sonido al otro lado del colchón, un ruido tan ligero que le hizo pensar en una lagartija o un ratón.

—Pero un día...

León murmuró aquellas palabras como para sí mismo, y de un modo que parecía instintivo se llevó la mano al bolsillo del que había sacado las cerillas y el cabo de vela. Víctor estaba seguro de que iba a mostrarle por fin su navaja.

En aquel momento le impresionaba tanto la desdicha de su amigo que habría hecho cualquier cosa por ayudarle.

10

No fue una navaja lo que León sacó del bolsillo, sino algo muy distinto. Víctor vio que se trataba de una fotografía, manoseada y arrugada como si hiciera mucho tiempo que su amigo la llevaba consigo.

—¿Me la dejas ver?

León no contestó ni le mostró la foto, sino que se tomó su tiempo para decidir si se la enseñaba.

—Creí que me ibas a enseñar tu navaja —dijo Víctor.

—¿Qué navaja?

—La que llevas siempre en el bolsillo.

—¿De dónde sacas eso? Yo no llevo navaja. ¿Quieres ver la foto o no?

—Claro.

Era una instantánea tomada en la calle, de una mujer con un niño cogido de la mano. El niño tendría unos cinco años y la mujer era joven y guapa, con el pelo largo y los ojos tristes.

Víctor reconoció al niño por la cicatriz en la frente.

—Mi madre es la única persona que me ha querido —dijo León en voz muy baja, como si hablase para sí mismo.

Víctor aguardó, sin saber qué decir, y León añadió:

—Y la única que me querrá.

—Eso no puedes saberlo —respondió Víctor.

—Lo sé. Nadie me querrá porque yo no pienso querer a nadie.

Sus ojos brillaban a la débil luz de la vela.

Durante unos segundos, ninguno de los dos habló. Sentados sobre la manta, en la penumbra, era como estar en una tienda de campaña aislados. Por segunda vez, Víctor tuvo la impresión de que algo o alguien se deslizaba al otro lado del colchón que bloqueaba la entrada, pero no dijo nada porque temía que su amigo se burlase de él.

—Un día me iré —dijo León en voz baja—. Echaré a andar y saldré de la ciudad por la carretera, como otras veces, pero será diferente porque ya no volveré. Me iré muy lejos, donde nadie me conozca.

—Pero la policía...

—No me cogerán. Soy más listo que ellos, y sabré esconderme.

—¿Y adónde irás?

León escupió en el suelo para mostrar su indiferencia.

—Puede que hasta el mar. Nunca lo he visto, el mar. Buscaré trabajo en un barco, de grumete, como el chico de *La isla del tesoro*. Un barco de vela. Subiré hasta la punta del palo mayor, a la *cofia*.

—Me parece que a eso lo llaman cofa. Cofia es otra cosa. Pero no sé si existirán aún los barcos de vela.

—Claro que sí.

—Y todavía no tienes edad de trabajar. Jim, el de *La isla del tesoro*, tenía quince años y tú...

—Soy fuerte, mira —respondió León flexionando el bíceps.

Como había hecho un rato antes, lanzó un puñetazo al hombro de Víctor, solo que esta vez era amistoso.

Y en ese momento, sucedió.

Cayó el colchón y el sol de la mañana inundó el cuarto, deslumbrándolos. Una silueta que a contraluz parecía enorme, se abalanzó sobre ellos.

Víctor se echó atrás sin comprender. El recién llegado era un hombre de frente estrecha y mandíbula poderosa, como un simio. Su rostro estaba rojo de furia.

—¡Ya te tengo! ¡Ahora no te escaparás!

Sin hacer caso de Víctor, arrastró a León, a quien la sorpresa impidió reaccionar.

—Ahora hablaremos con tu padre —amenazó el desconocido.

11

Todo sucedió en unos segundos, tan rápido que Víctor no acertó a hacer un solo gesto antes de que el extraño se llevase a rastras a su amigo.

Con paso vacilante salió a la terraza y, aunque no podía permanecer allí por si el hombre volvía en su busca, se quedó mirando un panorama que le parecía irreal: los tejados, los pequeños huertos en algunas casas viejas que sobrevivían entre los altos bloques de pisos, el sol entre nubes.

Luego su mirada cayó sobre aquel letrero en una puerta metálica:

ALTA TENSIÓN
PELIGRO DE MUERTE

Se preguntó si iban a encerrar a León, y por qué. Tal vez nunca volverían a verse.

Alguien había bajado por completo la persiana que tanto trabajo les había dado. Estaba claro que habían descubierto su incursión al piso deshabitado y esperaban que cometiesen el error de volver.

Volvió a su casa, aturdido y con la impresión de que también sobre él podía caer en cualquier momento una mano enemiga.

Entró en su habitación. Sobre la mesilla de noche vio tres pequeños objetos alineados: un trébol, una piedrecita, una pluma.

De un manotazo los tiró al suelo.

Al día siguiente, temeroso de un posible encuentro con el hombre que se había llevado a León, no salió a la calle.

Para él fue el día más largo del verano, y tal vez de toda su vida. Las horas transcurrieron lentas junto a la ventana, desde donde no pudo ver nada que se relacionara con su amigo. Al cabo de mucho rato fue a la cocina para buscar consuelo en su madre.

No hablaban mucho, pero le bastaba con estar con ella, verla lavar la ropa o preparar la comida con el sonido de fondo de la radio. Víctor esperaba un acontecimiento, aunque no hubiera podido decir cuál, que lo trastocase todo. Imaginaba un gran desastre, por ejemplo, las calles inundadas y todos tratando de salvarse. Entonces, las cuestiones pendientes quedarían olvidadas, y no tendría que temer que el hombre que había atacado a León se presentase en su casa.

Le daba miedo la posibilidad de que el desconocido hubiese entregado a León a la policía, y que su amigo acabase delatándole con nombre y dirección. Ese pensamiento le hacía temer que en cualquier momento se oyese el timbre de la puerta, y quizá una orden:

—¡Abran a la policía!

En otros momentos se avergonzaba de dudar de su amigo, y se repetía que ni con tortura conseguirían hacerle hablar. Pero aún existía el peligro de encontrarse con aquel hombre odioso, y fue eso lo que le mantuvo todo el día encerrado en casa a pesar de su impaciencia por saber qué le había ocurrido a León.

Esa noche estuvo despierto mucho tiempo. El calor obligaba a dormir con las ventanas abiertas, y por la suya entraban voces de los que tomaban el fresco en la plaza.

También le llegaba una música de guitarra procedente de algún piso cercano. No le molestaba, sino que le hacía compañía, a pesar de que quien tocaba repetía una y otra vez los mismos acordes.

Al fin se durmió para caer enseguida en una serie de sueños angustiosos.

Al despertar, tenía la almohada empapada en sudor y las sábanas arrugadas como nunca. En la calle, más temprano que de costumbre, ya estaban todos los chicos reunidos y hablando con excitación. Después de mucho pensarlo, se decidió a correr el riesgo de bajar.

Mientras se acercaba se preguntó cómo le recibirían. Ya los conocía a todos: el que hablaba a gritos era Enrique, los gemelos se llamaban Luis y Carlos, y después estaban Martín, que era pacífico y tímido, y Álex el pequeñajo. Y por supuesto Vidal, a quien todos aceptaban como jefe.

Se unió al grupo sin que le hicieran demasiado caso. De la conversación pudo deducir que nadie sabía exactamente qué ocurría con León. Unos decían que lo habían metido en un centro de acogida, y otros que se había escapado y la policía lo buscaba.

Vidal, que era quien más posibilidades tenía de saber la verdad sobre el paradero de su primo, se hacía el importante porque era su padre quien lo había capturado.

—La dueña del ático le pidió a mi padre que echara un vistazo al piso de vez en cuando, y mi padre se dio cuenta de que había una persiana mal cerrada, como si alguien hubiera entrado. Así que se dedicó a vigilar por si volvía el ladrón. No le extrañó que fuera mi primo, porque ya sospechaba de él.

¡Ladrón! Aquella palabra le hizo a Víctor dar un respingo. De modo que eso era lo que pensaban de su amigo.

Los otros se pusieron a fantasear con el supuesto botín que León había conseguido: dinero, joyas... Vidal no dijo una palabra sobre el hecho de que su padre hubiese encontrado a León acompañado.

—Mi padre siempre ha dicho que Silvestre acabaría mal.

¿Hasta dónde habría sido capaz de llegar aquel hombre contra su propio sobrino?

—¿Pero dónde está León? —se atrevió a preguntar Víctor.

—No lo pienso decir —se burló Vidal—. Digamos que ha desaparecido.

Volvió a su casa arrastrando los pies como si cargara con un gran peso.

Su madre, al volver de la compra, demostró que también había oído la noticia de la desaparición de León y trató de consolar a Víctor.

Esa tarde, a la hora de la siesta, Víctor, a quien le disgustaba no ser fuerte como León, para mantenerse ocupado se puso a hacer gimnasia. Pensó que se haría cortar el pelo muy corto, como su amigo, y hasta deseó tener una cicatriz igual que la suya.

Nada le habría gustado más que poder reunirse con León, o al menos tener noticias de lo que le había ocurrido. Y entre tanto esperaba ese momento lo único que se le ocurría era intentar parecerse a él, como si eso sirviese de ayuda, o los acercase.

12

Los chicos de la calle estaban enfrentados desde siempre con los del barrio más próximo y, aunque ya nadie recordaba el origen de la enemistad, la situación les parecía a todos tan natural como el contraste entre el día y la noche.

Los más pequeños heredaban de sus hermanos mayores la hostilidad hacia los del otro bando. Por una especie de instinto animal encontraban tan necesario como los amigos el tener enemigos a quienes odiar. ¿Cómo iba uno, si no, a poner a prueba su valor?

La inminencia de una pelea con «los de abajo», como llamaban a los del otro barrio, llevó a los vecinos de Víctor a reclutar todos los refuerzos posibles, y así fue como por fin le admitieron entre ellos como uno más. La contrapartida era que se uniese a la lucha, aunque no tuviera nada a favor de los unos ni en contra de los otros.

—Estoy con vosotros —aseguró a Vidal y a los demás.

Sabía que de su comportamiento durante la pelea dependía el que le aceptaran definitivamente como un igual, y a pesar de que odiaba la violencia se propuso hacer todo lo necesario para ganárselos.

Cuando llegó el momento señalado, tenía la boca tan seca que no podía hablar y sus piernas parecían incapaces de sostenerle, pero disimuló lo mejor que pudo.

Se encontraron en un descampado. Los otros eran más numerosos, por lo que, evitando el cuerpo a cuerpo, los del barrio de Víctor comenzaron a tirarles piedras refugiándose tras unos troncos abandonados cerca de una obra que llevaba años paralizada.

Los del barrio de abajo se atrincheraron entre los restos de una casa en ruinas. Las piedras volaban como en una imagen propia de otra época. Al golpear contra los troncos, hacían un ruido que excitaba aún más a los compañeros de Víctor. Por dos veces, se mezclaron los gritos de dolor de quien era alcanzado por una piedra con los de alegría del bando contrario.

Víctor echaba en falta a su amigo, y acordándose de cuando alcanzó con una pedrada certera al perro, se decía que si León hubiese estado a su lado nadie habría podido con ellos.

Al cabo de un rato, el grupo de Víctor se quedó sin municiones. Para coger más piedras, era preciso salir a terreno descubierto, y nadie se atrevía a hacerlo. Vidal se desesperaba y algunos empezaban a murmurar que sería mejor rendirse.

Víctor sintió que nunca tendría mejor oportunidad que aquella para ganarse definitivamente el respeto de los otros. Demasiado tiempo había soportado las bromas y las insinuaciones malintencionadas. Si aprovechaba aquella ocasión, ya nadie volvería a dudar de él.

Era un sentimiento, y no un pensamiento; esa clase de impulso que cuando se tienen pocos años incita a ponerse a prueba sean cuales sean los riesgos. Sin detenerse a pensar, salió temerariamente a campo descubierto.

Las piedras enemigas llovieron sobre él, entre gritos ofensivos por un lado y advertencias por el otro.

La primera pedrada le dio en el labio superior con tal fuerza que temió que le hubiera roto algún diente. Al momento sintió el sabor de la sangre en la boca. La segunda le alcanzó en la frente. Casi a ciegas, acabó de recoger las piedras más próximas y volvió como pudo junto a los suyos.

Cuando todo acabó y ambos bandos regresaron a su propio territorio, los compañeros de Víctor lo rodearon y hubo alguno que le felicitó por su valor. Las heridas le escocían mucho, pero no dejó escapar la menor queja.

Insistieron en acompañarle a casa, aunque ninguno quiso subir con él. La madre, al ver en qué estado llegaba, se puso a dar gritos:

—¡Víctor, hijo mío! ¿Qué te han hecho? ¡Dios mío, cómo vienes!

El espejo del baño le mostró su rostro cubierto de sangre que manaba de las dos heridas.

Más tarde, ese mismo día, descubrió algo que le afectó incluso más que sus heridas: durante aquella absurda pelea a pedradas, en la que se arrepentía de haber participado, había perdido el teléfono móvil que le había regalado su tío Lorenzo.

No se atrevió a pedir a sus padres que le permitieran ir a ver si lograba encontrarlo. No le preocupaba lo que le dijeran cuando acabasen por enterarse de la pérdida. Pero sentía que con su descuido era como si le hubiese fallado a su tío.

13

Le pusieron la vacuna antitetánica. Tenía el labio partido («como un conejo», en expresión de su padre) y fue necesario darle varios puntos.

El médico dijo que la herida en la frente curaría más deprisa, aunque le quedaría cicatriz. Víctor ya no estaba seguro de querer ir marcado para siempre, como León.

La madre se lamentaba, y culpaba a León:

—Tú antes no te hubieras metido en semejante pelea. Si has cambiado ha sido por culpa de él.

—¡Es el colmo que León tenga la culpa incluso cuando no está! —se indignó Víctor pronunciando con dificultad.

El padre, por un lado, lo disculpaba:

—Son cosas de chicos. Ya es hora de que se porte como un macho.

Esa palabra hizo pensar a Víctor que su padre tenía algo en común con Vidal, y ese pensamiento involuntario le avergonzó.

Más tarde, sin saber ellos que podía oírlos desde el pasillo, sus padres tuvieron una conversación sobre él.

—No puedes seguir tratándole así —decía la madre—. De ese modo no le ayudas. ¿No ves que volveremos al principio, cuando llegamos a este piso y estaba siempre solo?

—No soporto que se comporte como una niña.

—No deberías avergonzarte de tu hijo.

Quizá pensando que su mujer tenía razón, al día siguiente el padre se presentó con un regalo insólito en él: un libro.

—A ver si te gusta —dijo al entregárselo a Víctor.

Como le habían puesto puntos muy visibles de color azul en el labio, Víctor no pensaba salir a la calle. No tardó en empezar el libro.

Le habría gustado que fuese de aventuras y no lo era. Además, las primeras páginas le parecieron casi incomprensibles. Estaba a punto de dejarlo cuando llegó a un pasaje en el que aparecía un matón que aterrorizaba al niño protagonista, y fue eso lo que le hizo seguir con la lectura.

De vez en cuando volvía a mirar la cubierta, haciéndose preguntas sobre el autor del libro, alguien llamado Hermann Hesse. El título era *Demian*. Con dificultad, y aunque no era capaz de comprender todas las frases, avanzó en la lectura y para su sorpresa acabó por leerlo todo. Se vio reflejado en las dudas y problemas del protagonista, que se sentía distinto a los demás, y en algunos momentos fue como si le llegase a través del tiempo y la distancia una voz amiga.

Ese día, su madre le trajo noticias de la calle.

—¿Te has enterado de lo de tu amigo?

—No.

—Se ha escapado.

—¿De dónde? ¿Es verdad que estaba en un centro de acogida?

La sola palabra impresionaba a Víctor, que imaginaba una especie de cárcel donde abundaban los peligros de todo tipo.

—Estaba en un campamento. Ahora, cuando lo cojan, sí que irá a un reformatorio.

—¿Cuándo escapó?

—Hace dos días. No tardarán en cogerlo.

—Lo dudo.

Víctor sonreía imaginando a su amigo libre por los caminos, o en un lugar alto, como un campanario, como la cofa de un barco.

—¿Te gusta este barrio? —preguntó inesperadamente la madre.

—No. Los chicos se pasan todo el día en la calle jugando en plan bruto, y si no eres como ellos...

Víctor se interrumpió sin decidirse a contar la forma en que le hablaba Vidal.

—Supongo —dijo en cambio— que así era papá de pequeño, y que le gustaría que fuese como ellos.

—Puede que tengas razón. Además, tu padre tiene bastantes años más que los padres de otros niños de tu edad, y se crio en una época y en un lugar donde aún había muchos prejuicios. Le cuesta mucho aceptar que las cosas no son como él quisiera.

—¿Las cosas o yo?

—Tú, sobre todo. Le hubiese gustado que fueras más..., ya sabes, más parecido a él.

—¿Y cómo soy yo?

—¿Qué clase de pregunta es esa?

—Me gustaría saber cómo soy en realidad —murmuró Víctor—, porque ni yo mismo estoy seguro.

—A mí no me importa cómo seas, cariño. Yo siempre te querré.

Entonces ella le abrazó y le habló al oído:

—No tienes por qué avergonzarte. Puede que cuando vean que te aceptas a ti mismo tal como eres, los demás te empiecen a respetar.

Los abrazos de su madre eran para Víctor una de las mejores cosas de la vida. Le encantaba refugiarse en el calor y el olor de ella. Cuando estaba entre sus brazos no deseaba nada más.

14

Pasaron los días sin que Víctor se atreviese a salir a la calle, y por tanto sin noticias de León.

Una mañana, a pesar de los puntos del labio, decidió que no podía seguir así y se animó a salir. Pero en cuanto se encontró en las escaleras perdió el valor. Se imaginaba que Vidal y los otros se burlarían de él, olvidando que se había sacrificado por ellos. Estuvo mucho rato en el portal, dudando entre salir o no.

Finalmente, le pareció que alguien iba a entrar y dio media vuelta para subir de nuevo.

Aún no había llegado al primer descansillo cuando oyó que le hablaban.

—Tú eres el chico del cuarto derecha, ¿verdad?

Asintió, fastidiado y avergonzado de que le vieran con aquel aspecto. Pero la vecina que le hablaba no hizo ningún comentario sobre los puntos del labio y ni siquiera lo miró fijamente. Eso hizo que ella le cayera bien. Por lo demás, él no despreciaba a las niñas, como otros, y si no se relacionaba con ellas era por timidez.

—Yo vivo en el tercero izquierda. Me llamo Claudia.

Le hablaba como si fueran de la misma edad, a pesar de que le debía llevar al menos cinco años. Era una chica morena, con un vestido azul de tirantes, y tenía una voz dulce que a Víctor le recordaba algo. De pronto cayó en la cuenta: había oído aquella voz alguna noche junto con el sonido de una guitarra, a través de la ventana de su habitación.

—¿Tú eres la que toca la guitarra?

—Estoy aprendiendo. Por ahora solo sé tocar tres o cuatro canciones. La que mejor me sale es *Jinetes en el cielo*, ¿la conoces?

Se puso a tararearla, parados los dos en el descansillo, Víctor se fijó en que ella tenía una sonrisa muy bonita.

Era la primera vez en su vida que se le ocurrían ese tipo de pensamientos. Hasta entonces, las chicas de dieciséis años habían sido para él tan ajenas como los adultos. No creía haber cruzado nunca una frase con ninguna.

—Yo me llamo Víctor.

—Que quiere decir vencedor.

—¡Sí! ¿Cómo lo sabes?

—Lo leí no sé dónde. Leo todo lo que pillo.

—A mí también me gusta leer.

—Estupendo. Un día tenemos que intercambiarnos libros. Ya buscaré alguno que pueda gustarte.

—Yo acabo de leer uno que a lo mejor te interesa —respondió Víctor pensando en *Demian*—. Aunque no sé, puede que no sea para chicas.

—¿Y quién dice que solo me interesan los libros para chicas?

Subieron juntos y se despidieron en la puerta de ella.

—Hasta otro día, Víctor.

Él se volvió a su casa, contento por primera vez desde hacía días, y con la agradable sensación de haberse vuelto importante.

Esa noche le aguardaba otra conversación inesperada. Tuvo lugar en su habitación, a la hora de dormir.

Su padre se presentó de improviso y le soltó de golpe:

—Supongamos que tu amigo no vuelve. ¿Te vas a pasar la vida sin amigos?

Víctor se encogió de hombros.

—Muchas veces en la vida perderás a alguien. Y no hay más remedio que endurecerse, te guste o no.

Parecía aguardar una respuesta de su hijo, pero Víctor estaba dispuesto a no decir nada aunque veía que a su padre le costaba mucho expresarse.

—No me has contestado. Supongamos que León, o como se llame, no vuelve. O que vuelve y ya no quiere ser amigo tuyo. ¿Qué harías entonces?

—Nada. ¿No me habéis prohibido que le vea?

—¿Y si nos olvidamos de la prohibición?

—¿Quieres decir que me dejarías ir con él?

El padre suspiró pasándose una mano sobre el pelo. Víctor se fijó en que aquel día no se había afeitado.

—Yo también tuve un amigo que no les gustaba a mis padres. Y me prohibieron juntarme con él.

—¿Y qué hiciste? —preguntó Víctor.

—Bueno —sonrió el padre—, uno no puede obedecer siempre. La vida sería un asco si no pudiéramos hacer nunca lo que nos gusta. Pero no le vayas a decir a tu madre que te he dicho esto. Es un secreto entre tú y yo.

Víctor necesitó unos segundos para asimilar que aquello era una autorización.

—Gracias.

—Hum —gruñó el padre.

Desde hacía un par de años, a veces Víctor veía a su padre con algo parecido a la resignación ante lo inevitable, igual que quien se acostumbra a vivir en un clima lluvioso, aunque ame la luz del sol.

Ya no quedaba gran cosa de la admiración que había sentido por él cuando era pequeño. A fuerza de no expresarlo, el cariño mutuo se había ido enfriando. Le resultaba raro imaginar que también su padre había sido un niño con deseos y sueños y problemas.

Llevaban tanto tiempo sin hablar de verdad que los dos se sentían extraños y apenas se miraban. Pero no dejó de darse cuenta de que su padre tenía algo más que decirle.

—¿Te ha escrito tu tío?

—Todavía no.

—Cuando lo haga, puedes decirle en tu respuesta que por mi parte está todo olvidado. Y que puede venir si quiere.

—Está bien.

—Y ahora, a dormir.

Aún se quedó un buen rato despierto, con el rumor de fondo de los televisores y las conversaciones. Sonrió en la oscuridad cuando le llegó el sonido de la guitarra de Claudia, pensando que aquellos jinetes en el cielo de los que hablaba la canción sin duda montarían caballos salvajes.

15

Gracias a su madre, Víctor estaba al tanto de lo que se decía en el barrio. Así supo que habían capturado a León después de dos días de fuga, y que el padre no le dejaba salir de casa hasta que encontrara una institución donde poder meterlo interno.

Comprendía que lo más probable era que no volviera a ver a su amigo en mucho tiempo, y eso le entristecía hasta el punto de que no podía pensar en ninguna otra cosa.

Fantaseaba con la posibilidad de un milagro que les permitiera volver a reunirse a pesar de todo, y una y otra vez se ensimismaba imaginando el momento en que eso sucedería. Él mostraría las señales de las pedradas, que eran sus heridas de guerra, y León contaría sus aventuras, y después...

En otros momentos, como su madre le insistía para que jugase y él no quería salir, volvía a los juegos infantiles abandonados años antes. Se construía una cabaña con dos sillas que colocaba con los respaldos enfrentados y cubría con una sábana. Escondido allí imaginaba ser un explorador asediado por las fieras, un náufrago en una balsa.

Algunas veces sentía una punzada en el pecho, una dificultad al respirar, una emoción a la que no sabía poner nombre, y era porque imaginaba que oía la voz de su amigo llamándole, y que se asomaba a la ventana y abajo estaba León que había ido en su busca.

Finalmente, se decidió a ir a casa de León.

Hablaría con el padre de su amigo, o con su madrastra si era necesario. Les suplicaría que le dejasen ver a León aunque solo fuese una vez, para despedirse, antes de que se lo llevaran a un centro de internamiento.

No iba a ser fácil, pero se lo debía a su amigo. Él era el único que podía tomar la iniciativa, y posiblemente León esperaba su visita desde hacía días.

Después de mucho pensarlo, y a pesar de que le daba miedo y también vergüenza dar aquel paso, se decidió.

Salió a la calle nervioso, con el corazón acelerado como si fuera a emprender una aventura peligrosa.

Tenía que atravesar la plaza y eso suponía encontrarse con los chicos que siempre estaban allí congregados.

Allí estaban todos ellos, Vidal y los demás. Le habían visto, y empezaron a llamarle.

—¡Víctor!

Estuvo a punto de volver la cabeza y dar media vuelta para evitarlos. Sabía que habría problemas. Siempre adivinaba cuándo iba a haberlos.

—¡Vicky! —se burló Vidal.

Avanzó hacia el grupo.

—¿Qué quieres, vaca? —respondió.

El asombro enmudeció a todos.

—Ten cuidado —respondió al fin Vidal—, ahora no está tu novio para defenderte.

Sabía que era una provocación, que Vidal buscaba pelea. No respondió. Tenía que estar preparado para oír a veces cosas como aquella y aprender a ignorarlas.

—Las niñas están allá —señaló Vidal hacia otra parte de la plaza—, ¿no te vas con ellas?

—Puede que lo haga.

—Puede que también seas una niña.

—¿Y qué?

Los otros asistían asombrados al diálogo, sobre todo por la tranquilidad de Víctor, que no negaba lo que para alguno de ellos habría sido un grave insulto.

Víctor aún fue más lejos. Alzó la mano y saludó en voz alta al grupo de niñas, que le miraban en silencio. Y de pronto, porque a veces las cosas, incluso el crecer, el madurar, parecen suceder de repente, se sintió capaz de hablar como no había hablado nunca:

—Supongamos que soy medio niña. O que soy más niña que niño.

Fue muy extraño. No se avergonzó de sus propias palabras, sino que, por el contrario, se sintió bien, fuerte y seguro de sí mismo.

—En ese caso... —Vidal se aproximó a él con los puños cerrados.

Uno de los otros, Martín, que apenas solía hablar, sujetó a Vidal por un brazo.

—Ya vale, déjalo en paz.

—Sí —apoyó uno de los gemelos—. Nos ayudó en la pelea contra los de abajo.

—Y entonces no lo insultabas —añadió el otro gemelo.

—Cada uno es como es —dijo Álex, el más pequeño.

—¿Estáis conmigo o con él? —se enfureció Vidal.

—Cállate ya, Vidal —ordenó Enrique, que era igual de alto—. Que nunca sabes cuándo tienes que cerrar la boca.

—Os podéis ir todos a...

Víctor apenas oyó las últimas palabras de Vidal, porque había continuado su camino hacia la casa de León. No quería que viesen la expresión de su cara. Lo cierto era que temía que el otro le alcanzase y la emprendiera a puñetazos con él.

Pero lo importante era que no se había dejado vencer por el miedo.

Era su primera victoria. Bonita palabra, victoria.

Llegó al bloque donde vivía León. Prefería no concederse tiempo para pensar, así que entró deprisa en el portal y subió a pie los cuatro pisos.

Llamó al timbre.

Si le abría la madrastra, mala suerte.

—¿Quién es? —preguntó una voz a través de la puerta.

Era efectivamente una voz de mujer.

—¿Está León?

—Aquí no hay ningún León.

Demasiado tarde, se dio cuenta de su error.

—Silvestre.

Pero al parecer la mujer ya no le oía.

Con la vana esperanza de que la puerta se abriese, dejó pasar un minuto entero. Finalmente se decidió a llamar de nuevo.

—¿Quién es? —volvió a oírse la misma voz.

—¿Puede abrir?

—¿Para qué?

—Me llamo Víctor. Soy amigo de Silvestre.

Tenía las palmas de las manos sudorosas. Esperaba encontrarse con una especie de bruja, y le daban ganas de salir corriendo.

Por fin se abrió la puerta. La mujer le miró de arriba abajo con una mirada desconfiada.

—¿Estás loco? —se indignó—. ¿A quién se le ocurre venir a molestar?

—Solo quiero saber si Silvestre está bien, y si va a salir.

—Si no te largas ahora mismo, hablaré con tu padre. Sé dónde vives, Silvestre me habló de ti.

—Por favor...

Víctor insistió sin que en aquel momento le importara el enfado de la mujer, ni las consecuencias, aunque la voz le salía ahogada y sin fuerzas.

—Solo le pido que lo deje salir un rato, para saber si está bien y para despedirme de él.

—Sí, está bien. Pero está castigado. No volverá a salir en todo el verano.

En ese instante, por detrás de ella aparecieron inesperadamente León y su padre.

El padre tenía una mano apoyada en el hombro del hijo, y no se sabía si era un gesto de cariño o más bien una precaución para que León no escapase.

A Víctor le pareció que su amigo estaba cambiado, más alto. León le sonrió. Había perdido uno de los dientes delanteros, pero no se preocupaba de ocultar el hueco.

—Esta tarde, a la hora de la siesta —dijo el padre—. Dos horas. Lo dejaré salir dos horas.

Luego se volvió hacia su hijo.

—Demuéstrame que puedo confiar en ti.

León asintió en silencio.

—¡Pero si fuiste tú quien le castigó sin salir! —protestó la mujer.

—Pues ahora le levanto el castigo y en paz.

Víctor comprendió que lo más prudente era desaparecer cuanto antes.

Murmuró la palabra *gracias*, a la que nadie respondió, y se apresuró escaleras abajo.

El sol estaba muy alto en un cielo que no podía ser más azul.

Pensó que aquel era sin duda un buen día.

16

Víctor no sabía si alegrarse porque pronto se reuniría con su amigo o entristecerse porque iban a tener muy poco tiempo, y acaso sería la última vez.

Pensando en el futuro más inmediato, cayó en la cuenta de que solo faltaba una semana para que los días de libertad terminasen y empezara un nuevo curso.

Cada mañana, su padre le despertaría sin miramientos para que fuese a un colegio donde no conocía a nadie. Allí lo pondrían a prueba, como hacían siempre con los nuevos. Sus compañeros le adjudicarían un mote. Se preguntó si le sería muy difícil hacer amigos.

Ahora él ya sabía lo que era: algo que se expresaba con una palabra que los demás chicos usaban como insulto.

Le había tocado ser así, él no lo había elegido. Era igual que nacer con una marca en la frente, como en el libro que le había regalado su padre.

Aun así, no todo iba mal: su padre había empezado a tratarle de una manera distinta y había personas, como su vecina Claudia y algunos de los chicos, que no le rechazaban. Tenía de su parte a su madre, a su tío Lorenzo, a su amigo León.

Aunque le separasen de él, aunque jamás volviesen a verse, seguiría siendo su amigo.

Pasó el resto de la mañana asomado a la ventana. Nunca las horas habían transcurrido tan despacio.

Cerca de la hora de la comida llegó el cartero. Le abrio él mismo y se encontró con la sorpresa de que había carta para él.

Su nombre en el sobre, escrito con la letra grande y clara del tío Lorenzo, fue la segunda gran alegría del día.

No se trataba de una postal, como otras veces, sino de una verdadera carta. Por el matasellos vio que procedía de muy lejos. Había recorrido centenares de kilómetros y pasado por muchas manos antes de llegar a las suyas.

Nada más empezar a leer se dio cuenta de que el tono era distinto al de las postales que guardaba, escritas como en broma. Comenzó la lectura con tanta impaciencia que se le escapaba el sentido de algunas frases. El orgullo de que su tío le tratase como si fuera mayor le hizo experimentar un sentimiento cálido.

Emocionado, leyó:

Querido Víctor, te escribo desde una isla, que no es la de Robinson, donde voy a pasar algún tiempo.

Siento haberme ido precipitadamente. No debería haberme ofendido, como lo hice, por unas palabras de tu padre que seguramente él lamenta. Tengo que decirte algo: nunca debes pensar que no te quiere. Lo que sucede es que tiene miedo de lo que puede ocurrirte, de que te hagan daño. Creo que también tiene miedo de que acabes pareciéndote a mí. Y tiene razón al pensar que la vida no es fácil para los que no somos como los demás.

Pero no creo que debamos vivir del modo más fácil, sino del más auténtico. Tal vez es prematuro decirte esto, pero confío en que de una manera u otra lo entenderás: tienes que ser quien eres. Y ser bueno. Lo digo en serio. Un escritor llamado Oscar Wilde dijo que ser bueno es estar en paz con uno mismo.

Tú eres tú, aunque todavía no te reconozcas del todo y a veces no te entiendas. No seas
106 tu propio enemigo y no tomes demasiado en cuenta a los que te rechazan. Otros te aceptarán como lo ha hecho ese amigo al que admiras, y serán los mejores. No te rindas ni sientas vergüenza por no ser como la mayoría. No te pierdas lo que te reserva la vida. Casi todo lo bueno de la vida nos viene de los otros, y por eso es importante saber relacionarse con los demás. Pero también de ellos nos viene lo malo, y hay que saber bastarse a sí mismo.

Cuando tengas que elegir tu propio camino, tal vez resulte ser un camino solitario. Un explorador como tú no debería asustarse por eso. Es el precio que se paga por llegar más lejos, por volar más alto.

¿Recuerdas mi broma sobre lo que se necesita para montar caballos salvajes? Con ella *quería decir que cualquiera puede hacerlo, pero no es cierto. Para eso, como para casi todo en la vida, hace falta algo más: no tener miedo. Lo que hace que uno se caiga es el miedo a caerse.*

Tienes que aprender a no temer lo que los demás digan o piensen de ti. Siempre habrá alguien a quien no le guste cómo eres. No importa. Lo importante es que seas tú mismo.

Las palabras finales eran muy parecidas a las que le había dicho su madre, y por eso mismo le parecieron doblemente valiosas.

Guardó en su bolsillo la carta. Por el momento, la llevaría encima, como llevaba León la foto de su madre.

¡León! ¡Ya faltaba muy poco para volver a verlo!

Comió con un apetito que sorprendió a sus padres, y enseguida volvió a su cuarto y abrió de par en par la ventana.

No tuvo que esperar mucho. León apareció al cabo de pocos minutos.

Lo vio aproximarse y hacer un breve gesto de saludo y también de impaciencia, como si tuviera un propósito importante que cumplir.

Víctor bajó a toda prisa las escaleras, empezando a adivinar lo que se proponía su amigo.

Como había hecho en un día no lejano, se dirigió a la carretera y caminó hasta dejar atrás las

últimas casas, siguiendo a León.

Su amigo le precedía carretera adelante, sin prisa pero sin detenerse a mirar atrás.

Solo se oía el canto de algún pájaro, una vez que el rumor incesante de la ciudad quedó atrás.

Por todas partes se veían anuncios del final del verano. Las hierbas, cuyos nombres conocía en algunos casos porque se los había enseñado León, estaban secas y polvorientas y mostraban todos los tonos del amarillo como si hubieran recibido, junto con el calor, los colores del sol.

León dejó la carretera al llegar cerca de aquel árbol, imponente como un gigante con los brazos extendidos.

Igual que aquel otro día, Víctor notó en sus oídos el zumbido de los insectos y sintió que el corazón le latía con fuerza.

Vio cómo León escalaba con facilidad hasta el punto más alto al que era posible trepar, y allí se sentaba a caballo sobre una gruesa rama.

Víctor se detuvo al pie del árbol y miró a su amigo con una sonrisa.

León también sonrió, dejando ver el espacio vacío entre sus dientes, y le animó con un gesto a que subiera.

Víctor se abrazó al tronco.

Sin miedo.

Si se caía, volvería a intentarlo otra vez.

Trepó tronco arriba, animado por la voz de su amigo, y pronto se encontró sentado a su lado.

Tenían tanto que decirse, y tan poco tiempo, que no valía la pena apresurarse. Así que ni uno ni otro dijeron nada en un primer momento, hasta que León sacó algo de su bolsillo y lo mostró orgullosamente.

Un puñado de arena.

—¿Y esto? —preguntó Víctor.

—Conseguí llegar hasta el mar. Si hubiera tenido un poco más de suerte, me habría ido en un barco. La arena es un amuleto. Si te fijas bien verás que tiene fragmentos de algas y de conchas. Mineral, vegetal, animal.

Víctor sacó el sobre de la carta de su tío y metió en él con cuidado la arena.

—¡Llegaste hasta el mar! —se admiró—. ¿Qué te pareció?

—Era como subirse al lugar más alto de todos. Como ser el rey del mundo.

Guardaron silencio unos momentos y luego León preguntó:

—¿Y esas heridas de la cara?

—A mí también me gusta el peligro —respondió Víctor—. ¿Y tú? ¿Qué pasó con el diente que has perdido?

—No lo he perdido —se rio León—. Lo tengo en el bolsillo.

En la limpia atmósfera de la tarde, las risas de los dos amigos resonaron sobre los campos desiertos extendiendo sus ecos muy lejos.

Era como si no existiera nada más en el mundo que ellos dos en la copa del árbol.

Les aguardaban problemas a ambos, pero no les preocupaban, ni siquiera pensaban en ello. Lo importante era su amistad, el instante presente, el saber que llegado el momento se enfrentarían a las dificultades con valor.

Aquí acaba este libro
escrito, ilustrado, diseñado, editado, impreso
por personas que aman los libros.
Aquí acaba este libro que tú has leído,
el libro que ya eres.